Birgit Pauls

Kleopatra

von

Witzwort

Birgit Pauls

Kleopatra

von

Witzwort

Bibliografische Information der Deutschen Nationalbibliothek: Die Deutsche Nationalbibliothek verzeichnet diese Publikation in der Deutschen Nationalbibliografie; detaillierte bibliografische Daten sind im Internet über www.dnb.de abrufbar.

ISBN 978-3-7412-5156-6

© Birgit Pauls 2016

Herstellung und Verlag:
BoD – Books on Demand, Norderstedt

Covergestaltung:
Birgit Pauls mit BOD Easy Cover

Für meinen Vater, der die Landwirtschaft liebte und lange bei der Witzworter Meierei gearbeitet hat

Kleopatra von Witzwort

Haut, weiß wie Schnee. Haare schwarz wie Ebenholz, Lippen rot wie Blut. Ein modernes Schneewittchen. Doch irgendetwas störte das friedliche Bild. Er schrie auf, als er es erkannte. Nicht nur ihre Lippen waren rot wie Blut. Sie schwamm in Blut – ihrem Blut.

***

In Milch und Honig baden – davon hatte sie immer gesprochen. Sie wollte ihren Körper verwöhnen, wie einst Kleopatra es tat. Sie fühlte sich als Königin, auch wenn sie 2000 Jahre später nur über ein ganz kleines Reich herrschte.

Carsten bereute die Hochzeit mit Cleo schon seit einiger Zeit.

Er war einmal sehr stolz darauf gewesen, dass es ihm gelungen war, diese Frau zu erobern und sie dann auch zu heiraten. Sogar seine Mutter war mit seiner Wahl zufrieden gewesen, obwohl ihre Schwiegertochter in Bezug auf Haushaltsführung eine totale

Katastrophe war und sich darüber hinaus noch weigerte, Mitglied bei den Landfrauen zu werden, wie es sich für eine Bauersfrau eigentlich gehörte. Aber sie hatte reichlich Klei anne Hack, wie man hier zu sagen pflegte. Und das war für ihre Schwiegermutter viel mehr wert, als die Koch- und Backkünste der Schwiegertochter.

Cleo war das einzige Kind eines großen Bauern gewesen und hatte viel Land in die Ehe gebracht. Als ihr Vater starb, erbte sie auch den Rest des Hofes.

Viele Männer waren an ihr interessiert gewesen. Sie war bildschön und doch so anders als viele Frauen hier. Mittelgroß und gertenschlank war sie, hatte helle, fast durchscheinende Haut, strahlend blaue Augen und pechschwarzes Haar, wie ihre Mutter es schon gehabt hatte.

Wo Jens Larssen seine Frau gefunden hatte, wusste niemand.

Nach der Schneekatastrophe 1979 hatte er seinem Vater mitgeteilt, dass ihm das Wetter hier in der Gegend auf die Nerven ginge und er sich nach seiner abgeschlossenen landwirtschaftlichen Ausbildung erst einmal in der Welt umschauen wollte, wie man dort Landwirtschaft betrieb, bevor er den elterlichen Hof übernehmen wollte. Seine Eltern waren froh darüber, dass er den Hof überhaupt übernehmen würde und wünschten ihm eine gute Reise.

Jens hielt Wort: zwei Jahre später war er wieder in Witzwort, kam allerdings nicht allein. Er hatte eine wunderschöne Frau dabei, von der niemand wusste, wo er sie aufgegabelt hatte. Angeblich waren sie schon verheiratet. Mutter Larssen ging allerdings auf Nummer sicher: Sie stellte das junge Paar dem Pastor vor, der sie an einem schönen Samstag im Frühjahr traute, damit das junge Glück auch Gottes Segen hatte.

Die Braut kam zwar aus weiter Ferne, trotzdem brachte sie eine Mitgift mit, die so seltsam und gleichzeitig so schön war wie sie selbst: Drei Pferde – ein Berberhengst und zwei Stuten. In den ersten Jahren ärgerten Jens Eltern sich über die unnützen Fresser, die ihre Schwiegertochter mit in die Ehe gebracht hatte. Doch nachdem die ersten Fohlen geboren waren und ein junger Hengst verkauft war, entdeckten sie, welch ein Kapital diese Pferdezucht einbrachte.

Einige Jahre später wurde Cleo geboren und von der ganzen Familie wie eine kleine Prinzessin verwöhnt. Die Liebe zu den Pferden hatte sie von ihrer Mutter geerbt. Dem Haushalt und den Rindern ihres Vaters konnte sie allerdings nichts abgewinnen. Die Familie fand es nicht weiter schlimm, denn den Hof sollte einmal der Sohn übernehmen, auf dessen Geburt man so sehnsüchtig wartete. Doch der ersehnte Stammhalter kam nicht.

Vierzehn Jahre nach Cleos Geburt war es dann endlich so weit: Die Familie war in heller Aufregung, denn Cleos Mutter war wieder schwanger, als keiner mehr darauf gehofft hatte. Die Ultraschall-Untersuchung zeigte, dass sie den langersehnten Stammhalter unter ihrem Herzen trug.

Doch das Glück war nicht von Dauer: Mutter und Sohn starben bei der Geburt. Jens Larssen war nur noch ein Schatten seiner selbst. Zum Glück übernahmen seine Eltern einen Großteil der Arbeit auf dem Hof. Cleo kümmerte sich um die Pferde, doch alles andere war ihr egal.

Die Jungen wurden auf sie aufmerksam, wollten alle mit ihr ausgehen. Auch Carsten war begeistert von ihrer Schönheit, hatte aber so viel Angst vor einer Abfuhr, dass er gar nicht wagte um sie zu werben.

Doch niemand konnte Cleo lange halten. Spätestens nach drei Monaten gab sie den meisten Bewerbern den Laufpass. Nach der Hochzeit sollte Carsten auch erfahren, woran es lag: Die jungen Männer bedrängten sie, kochen zu lernen, weil sie auf ihrem Hof eine gute Köchin wollten. Außerdem war sie nicht bereit, von ihren Pferden zu lassen. Und diese unnützen Fresser wollte sich kein Landwirt auf den Hof holen. Wenn sie eine anständige Holsteiner Zucht mit in die Ehe gebracht hätte, aber Berber …

Die jungen Männer heirateten einer nach dem anderen. Cleo hatte immer noch genug Bewerber, spielte mit Ihnen. Doch es war kein Hoferbe dabei.

Dann fasste Carsten sich ein Herz und versuchte es auch bei ihr. Das verwöhnte Mädchen erhörte ihn und ging mit ihm aus.

Carsten liebte es, mit ihr zu reden. Sie war klug und charmant, langweilig wurde es nie mit ihr. Er konnte sich nicht sattsehen an ihr, ihren Bewegungen. Als sie ihn zum erstem Mal küsste, schwebte er auf Wolke sieben.

Sie verbrachten viel Zeit miteinander, er stellte sie offiziell seinen Eltern vor. Cleo machte ihnen unmissverständlich klar, dass ihr Ziel die Pferdezucht sei und sie sich nicht mit langweiligen und von ihr verhassten Tätigkeiten wie Haushaltsführung und Kochen beschäftigen würde.

Carsten schluckte. Doch dann machte er ihr trotzdem einen Heiratsantrag, denn seine Eltern waren noch relativ jung und seine Mutter kochte gut und gerne. Da wäre es wahrscheinlich ganz praktisch, wenn die Schwiegertochter ihr das Revier Küche nicht streitig machte. Irgendwann würde sie bei seiner Mutter schon das Kochen lernen.

Außerdem brachte sie viel Land mit in die Ehe. Ihre Großeltern waren mittlerweile gestorben. Jens hatte den Betrieb mit viel Mühe aufrecht erhalten, um einem potentiellen Schwiegersohn die Möglichkeit zu geben, in einen gesunden Betrieb einzuheiraten.

Cleo zog mit ihren Pferden um, Jens übergab einen großen Teil des Rinderbestandes an Carsten. Ein paar Kühe behielt er, um etwas zu tun zu haben und nicht nur in der guten Stube zu sitzen. In den ersten Jahren ging alles gut, Cleo kümmerte sich um ihre Pferdezucht, Carsten und seine Eltern waren für Rinder und Haushalt zuständig. Es war die perfekte Arbeitsteilung. Alle waren zufrieden und sie verdienten gutes Geld, da Cleo einige Hengste gut in andere Zuchten verkaufen konnte.

Doch dann wendete sich das Blatt. In einem Winter mit einer schweren Grippewelle starben sowohl Jens Larssen als auch Carstens Eltern. Dieser erwartete, dass seine Frau nun den Haushalt übernehmen und ihn auch bei den Rindern unterstützen würde. Doch Cleo blieb weiter das verwöhnte Prinzesschen, war inzwischen noch deutlich anspruchsvoller geworden, nachdem sie mit ihren Pferden einiges Geld verdient hatte.

Der Verstand sagte Carsten, dass er sich trennen und sich eine richtige Bäuerin suchen sollte, die ihn auf dem Hof unterstützen würde. Doch er war Cleo verfallen. Sie wusste ihren Körper gut einzusetzen. Die Nächte mit ihr waren unvergesslich. Sie bereitete ihm den Himmel auf Erden, bestand darauf, dass er sie Kleopatra nannte und erzählte ihm immer wieder, dass sie wie die Königin im Altertum in Milch und Honig baden wollte, bevor sie ihren Liebhaber empfing.

Als er ins Badezimmer kam, erschrak er. Es duftete nach Milch und Honig. Cleo hatte ihre Drohung wahr gemacht und die Badewanne mit über 100 Liter Milch gefüllt und mindestens ein Pfund seines kostbaren Honigs in der Milch aufgelöst. Er war stinksauer. Die Milch hätte er ja notfalls noch akzeptiert. Aber warum musste es sein Honig sein, den er nun so mühsam erwirtschaftete, nachdem ein befreundeter Imker ihn in den letzten Jahren ausgebildet und ihm seine Stöcke vermacht hatte. Hätte es nicht auch ein billiger Honig eines Discounters getan, den sie für ein Viertel des Preises bekommen hätte?

Carsten machte auf dem Absatz kehrt und ging in die Kneipe. Dort ertränkte er sein Elend in Bier und Korn und erzählte allen von seinen Sorgen.

Cleo war klug genug, ihm nicht zu folgen und ihm keine Vorwürfe zu machen, als er weit nach Mitternacht sturzbetrunken nach Hause kam. Die Kopfschmerzen am nächsten Tag waren für Carsten furchtbar. Irgendwie schaffte er es trotzdem am nächsten Morgen aufzustehen, zu melken und die anderen Tiere zu versorgen. Dann legte er sich wieder ins Bett um bis zur nächsten Mahlzeit dahin zu dämmern. Cleo sah er kaum. Sie versorgte ihre Pferde und drängte sich ihm nicht auf. Als er zum Abendessen in die Küche kam, wartete eine Überraschung auf ihn: Cleo hatte sein Lieblingsessen gekocht. Außerdem hatte sich so angezogen, wie er es liebte. Carsten verzieh ihr ihren Fehltritt auf der Stelle. In der darauffolgenden Nacht liebten sie sich oft und leidenschaftlich. Carsten hoffte am nächsten Morgen, dass er nun endlich einen Treffer gelandet hätte und sich der ersehnte Hoferbe einstellen würde. Die nächsten Wochen verliefen sehr harmonisch, Cleo schien ihre Verfehlungen zu bereuen.

Aber irgendetwas war geschehen: Die Nachbarn zogen sich zurück, konnten Carsten kaum noch in die Augen sehen. Dann sprach Cleo wieder von ihren Bädern in Milch und Honig. Ihre Streitereien wurden laut, manchmal bekamen auch andere sie mit.

Dann war es wieder soweit: Als er müde vom Feldarbeiten nach Hause kam und froh darüber war, dass ein Betriebshelfer das Melken übernahm, badete sie wieder in seiner Milch und seinem kostbaren Honig.

Diesmal half ihr auch ihr Körper nicht. Wutschnaubend verließ Carsten die gemeinsame Wohnung, zog aufs Altenteil, das seit dem Tod seiner Eltern unbewohnt war. Abends ertränkte er seinen Kummer in der Kneipe, schimpfte über seine Frau und hoffte, dass sie endlich auszog.

Doch Cleo ließ sich davon nicht beeindrucken. Mindestens einmal pro Woche nahm sie seine Milch, um darin zu baden. An seinen Honig kam sie nicht mehr, denn den hatte er weggeschlossen. Sie musste sich jetzt mit normalem Honig aus dem Laden begnügen. Cleo zahlte es ihm heim: Bei jedem Einkauf im Markttreff verkündete sie lauthals, was für ein fürchterlicher Geizhals ihr Mann doch sei: Sie müsse minderwertigen Honig kaufen, weil ihr Mann ihr den Honig seiner Bienen nicht gönnte, sondern ihn nur für Geld verkaufte.

Das Dorf hatte viel Gesprächsstoff.

Allerdings konnte Carsten sich auch nicht dazu aufraffen, zu einem Anwalt zu gehen und die Scheidung einzureichen. Das gehörte sich einfach nicht. „Bis das der Tod euch scheidet." Immer wieder hatte er die Worte des Pastors im Ohr, wenn er sich wieder einmal über Cleo ärgerte. Und dieses war immer öfter der Fall.

Cleos Verhalten spaltete das Dorf: Ein Teil der Bewohner regte sich über ihr Verhalten auf. Sie hatten ja schon immer gewusst, das Fremde nur für Ärger sorgten. Es sei ein großer Fehler von Jens gewesen, in seiner Jugend durch die Welt zu tingeln und dann auch noch eine Frau aus den fremden

Ländern mitzubringen. So etwas gehörte sich einfach nicht. In ihren Augen war Cleo noch immer eine Zugereiste, eine Fremde, obwohl sie ein Spross einer alteingesessenen Bauernfamilie war.

Carsten hätte sich lieber eine anständige Bauerndeern nehmen sollen. Vor allem eine, die sich ordentlich um den Haushalt kümmerte und kochen konnte.

Andere bewunderten Cleo. Männer neideten Carsten seine hübsche Frau, fragten sich, wie die Nächte mit seiner Schönheit wohl waren und hatten wilde Träume.

Frauen bewunderten Cleo, hatten selbst nicht den Mut, den Haushalt einfach liegen zu lassen und den Männern zuzumuten, ihr Essen selbst zu kochen. Sie wollten auch ihren Körper verwöhnen, träumten davon, ihren Körper in Milch und Honig zu baden und leisteten sich als einzigen Luxus mit schlechtem Gewissen die besondere Bodylotion aus dem Discounter. Einige Frauen zwackten ganz verlegen ein paar Liter Milch aus ihren Milchkammer ab, verfeinerten das Badewasser damit und taten auch eine kleine Portion Honig dazu.

Männer wie Frauen dachten über Seitensprünge nach. Einige suchten am Wochenende das Abenteuer mit Fremden in der großen Stadt, während sie offiziell alte Schulfreunde besuchten, die den Mut gehabt hatten, aus der Gegend wegzuziehen. Andere suchten ihr Verhältnis in der Nähe, es gab sogar Affären zwischen verheirateten Witzwortern.

Bei Cleo standen die Männer Schlange. Doch sie erhörte entweder niemanden oder war raffiniert genug, um sich nicht erwischen zu lassen.

Carsten war sich ziemlich sicher, dass seine Frau fremdging. Er hoffte sie einmal zu erwischen, um auch endlich vor der Dorfgemeinschaft einen plausiblen Grund zu haben, die Scheidung einzureichen. Doch es gelang ihm einfach nicht.

Sein Nebenbuhler wohnte im selben Ort und lachte sich derweil ins Fäustchen.

Einige Frauen, für die Cleo Zeit ihres Lebens eine Persona non grata war, luden sie neuerdings zu ihren Kaffeerunden ein, um sich in Cleos Glanz zu sonnen, oder um an ihren Erfahrungen teilzuhaben und mit diesem Wissen ihr langweiliges Leben vielleicht ein ganz, ganz kleines bisschen aufzupeppen.

Cleo genoss es, endlich in die Gemeinschaft der Frauen aufgenommen zu sein.

Carsten wurde immer einsamer und immer wütender. „Bis das der Tod euch scheidet." Dieser Gedanke kreiste immer wieder in seinem Kopf.

Er versuchte sich mit einer Affäre abzulenken, doch keine Frau in der Nähe wollte ihn. Einmal fuhr er in die große Stadt – nach Hamburg – und verbrachte die Nacht in den Armen einer flüchtigen Bekanntschaft.

Doch es befriedigte ihn nicht und war auch Dauer auch viel zu teuer.

Da Cleo sich überhaupt nicht um seine Tiere kümmerte und inzwischen auch nur noch mit

Mühe ihre Pferde versorgte, benötigte er jedes Mal einen Betriebshelfer, der bezahlt werden wollte. Das konnte er sich nicht oft leisten.

Er war auch nicht auf der Suche nach einer flüchtigen Liebelei, sondern er suchte eine Frau, die ihm in allen Angelegenheiten zur Seite stand, mit der er durch dick und dünn gehen konnte. Außerdem wünschte er sich, dass der Nachfolger, dem er irgendwann einmal seinen Hof übergeben würde, sein eigen Fleisch und Blut war.

Wenn Cleo keine Kinder wollte oder keine Kinder bekommen könne – was für ihn eigentlich dasselbe war – dann müsste eben eine andere Frau seinen Stammhalter zur Welt bringen. Ob ehelich oder unehelich war ihm egal, Hauptsache die Blutlinie würde nicht aussterben. Wenn er nicht mit der Mutter seines Hoferben verheiratet war, würde er eben zur Bedingung machen, dass der Hoferbe seinen Namen annähme, wenn er den Hof nach Carstens Tod übernehmen wollte. Ohne Übernahme des Namens würde das uneheliche Kind, das noch gezeugt werden musste, nur das Pflichtteil bekommen, den Rest würde Carsten in eine Stiftung geben.

Neugierig studierte er die Heiratsanzeigen im Bauernblatt. Es sollte sich etwas in seinem Leben ändern.

Die erste Ehe ging in die Brüche: Die Bäuerin vom Nachbarhof verließ ihren Mann mit der Begründung, das sie die elende Schufterei von morgens bis abends tagein tagaus satt habe und nun mit ihren neuen Geliebten ein Luxusleben in der Stadt führen wolle.

Carsten wünschte sich, dass Cleo es ihr nachtun würde, damit er sie endlich los war. Doch sie tat ihm den Gefallen nicht. Allerdings kümmerte sie sich nun endlich wieder mehr um die Pferde. Sie fuhr zu Reitveranstaltungen und Pferdemärkten, verkaufte dort sogar einige Pferde. Carsten war froh, dass er die inzwischen auch in seinen Augen unnützen Fresser los war. Er wunderte sich zugleich, dass sich Käufer für dieses mittelmäßige Material fanden. Die Pferde, die seine Frau zum Verkauf anbot, waren kein Vergleich mit den edlen Tieren, die Cleos Mutter gezüchtet hatte. Carsten verstand wenig von Pferden, doch als erfahrener Rinderzüchter sah er den Unterschied.

Wenn sie zu ihren Pferdeveranstaltungen fuhr, blieb Cleo immer häufiger über Nacht weg. Carsten war das egal. Nein – das stimmte nicht wirklich. Es war ihm egal, welcher Mann seine Frau beschlief, da er an ihrer körperlichen Nähe nicht mehr interessiert war. Trotzdem hätte er es gerne gewusst, um endlich einen Grund zu haben, sie loszuwerden und den Weg für eine Frau, die ihm den Hoferben schenkte, offiziell frei zu machen. Er fragte sich, mit wem sie es trieb. Lange war er der Meinung gewesen, dass sie einen Liebhaber im Dorf hatte. Doch so sehr er sich auch bemühte, er konnte nicht erkennen, welcher Mann aus dem Dorf sie auf ihren Reisen begleitete. Cleo bemerkte dieses und war hochzufrieden, dass er ihr nicht auf die Schliche kam. Sie hatte ihren Traummann gefunden, der sie auf Händen trug und ihr alle Wünsche erfüllte. Nun musste sie ihn nur noch dazu bringen, sie zu heiraten, dann hätte sie ausgesorgt. Und er würde keine Probleme haben, wenn sie in Milch und Honig baden wollte. Im Gegensatz zu Carsten stellte er ihr ihre Schönheitsmittel gerne zur Verfügung.

Eines Abends war Cleo ungewöhnlich freundlich zu Carsten. Bei ihm gingen sofort alle Alarmglocken an. Cleo hatte bei einer Online-Aktion eine gusseiserne Badewanne erstanden. Carsten verstand nicht, was sie mit dem Altmetall wollte. Er konnte nicht verstehen, dass seine Frau sich als Nachfahrin der Pharaonen sah, und es ihr wichtig war, dass diese Wanne auf Löwenfüßen stand.

Als sie ihn aufforderte, über 100 Kilometer zu fahren, um ihre Badewanne abzuholen, kam es wieder einmal zum Streit zwischen den beiden. Am nächsten Morgen war Cleo weg. Auf dem Frühstückstisch lag ein Zettel, auf dem Cleo ihrem Mann mitteilte, dass sie einen Helfer gefunden habe, der den Transport für sie organisierte. Carsten war wütend, hatte keine Lust seinen Nebenbuhler zu sehen. Deshalb rief er seinen Betriebshelfer. Er wollte sich für eine Woche ins Ausland absetzen. In Russland hatte er inzwischen einen befreundeten Landwirt, der sich bemühte, seinen importierten Holsteiner Kühen, die er hauptsächlich von Carsten bezogen hatte, optimale Lebensbedingungen in klimatisierten Ställen zu schaffen.

Zwei Tage nach dem Streit zwischen Carsten und Cleo machte ein Mitarbeiter der Meierei eine gruselige Entdeckung. Momme Paulsen war der Erste, der am Morgen das Betriebsgelände der Meierei betrat.

Eine gusseiserne Badewanne stand mitten auf dem Hof. Darin lag eine Frau. Er ging näher heran. Es sah so friedlich aus. Dann schrie er entsetzt auf.

Cleo schwamm in einer Mischung aus Milch und Blut. Die Augen waren weit geöffnet, sie schien durch ihn hindurchzuschauen. Ihm wurde schwarz vor Augen. Als Momme wieder zu sich kam, hatten seine Kollegen ihn und die Tote schon gefunden. Die Polizei war bereits auf dem Weg. An eine normale Arbeit war an diesem Tag bei der Meierei nicht zu denken. Die Spurensicherung sperrte das Gelände großräumig ab. Ganz Witzwort war in Aufruhr, denn die Polizei beschränkte sich nicht nur auf das Meiereigelände, sondern sperrte auch nach kurzer Zeit den Hof von Carsten und Kleopatra, um ihn auch auf Spuren zu untersuchen, die zum Täter führen könnten. Die Todesursache war offensichtlich: Cleo war verblutet. Nicht klar war, ob es Mord oder Selbstmord war. Ihre Pulsadern waren aufgeschnitten. Hatte sie sich das Leben genommen? Doch wenn ja – warum nicht zuhause, sondern in aller Öffentlichkeit auf dem Gelände der Meierei? Dazu noch in einer eigens dazu beschafften Badewanne? Abwegig war der Gedanke allerdings nicht, befanden einige der Schaulustigen. Cleo war dafür bekannt, dass sie ungewöhnliche Auftritte vor großem Publikum liebte. „Kleopatra von Witzwort", so nannte sie sich gerne.

Es wurde eine Obduktion der Leiche angeordnet. Die Polizei tappte im Dunkeln und ermittelte sicherheitshalber erst einmal in einem Mordfall. Die naheliegende Vermutung war, dass ihr eigener Mann sie getötet hatte, um endlich eine Ruhe zu haben und den Weg für eine andere Frau frei zu machen.

Dafür sprach, dass er sich aus Deutschland abgesetzt hatte. Erstaunlicherweise kehrte Carsten genau eine Woche nach seiner Abreise zurück und wurde direkt am Flughafen verhaftet. Die Indizien sprachen gegen ihn, er hatte kein Alibi.

Die Wanne war vom Verkäufer bis zur Meierei auf Cleos Pferdeanhänger transportiert worden. Anhänger und Zugmaschine standen auf Carstens Hof. In den Fahrzeugen waren fast nur Spuren von Cleo und ihm zu entdecken. Ein paar Haare und Hautschuppen einer anderen Person und einige Pferdehaare, befanden sich noch in den Fahrzeugen. Aber man machte sich erst einmal nicht die Arbeit, deren Herkunft zu identifizieren, diese konnten schon älter sein. Es gab keinen Hinweis auf eine dritte beteiligte Person. Als dem Verkäufer ein Foto von Carsten vorgelegt wurde, bestätigte dieser, dass es genau der Mann gewesen sei, der gemeinsam mit Cleo die Badewanne abgeholt habe.

In der Untersuchungshaft zermarterte sich Carsten den Kopf. Wie konnte es sein, dass man ihn in Deutschland gesehen hatte, während er doch in Russland war? Hatte er noch einen Doppelgänger, von dem er nichts wusste? Er wurde fast verrückt, je länger er darüber nachdachte.

Nach drei Wochen kam er frei, denn es gab das Geständnis einer Mörderin. Alle horchten auf, konnten die Bruchstücke, die an die Öffentlichkeit gelangten, kaum glauben. Wieso hatte nie jemand von ihnen etwas gemerkt? Das Schändliche, Unfassbare war mitten im Ort direkt unter ihren Augen geschehen und niemand hatte etwas davon gehört oder gesehen. Silke Meyer hatte gestanden, Cleo ermordet zu haben.

Es war keine Tat aus Eifersucht gewesen. Ihr Mann war schon lange tot, lag auf dem Friedhof und konnte sie nicht mehr verlassen. Nein – sie habe es getan, um ihren Sohn zu schützen.

Andreas – von allen liebevoll Drees genannt, war ihr einziges Kind und leider nicht besonders helle. Böse Zungen behaupteten sogar, der Junge sei geistig behindert, doch das stimmte nicht.

Drees war naiv, hilfsbereit, aber dabei nicht besonders klug und seit vielen Jahren hoffnungslos in Cleo verliebt.

Schlecht für ihn war aus Sicht seiner Mutter nur, dass er als Hilfsarbeiter in der Meierei arbeitete und dabei Zugang zur Milch hatte. Das machte ihn für das Biest, welches Cleo nun einmal gewesen sei, interessant. Zuerst habe Cleo nur mit ihm gespielt, berichtete

Silke. Drees hatte Cleo immer wieder versprochen, Milch für Ihr Bad zu beschaffen, doch zu Silkes Erleichterung gelang es ihm nicht.

Cleo lachte über ihn, verstieß ihn trotzdem nicht, sondern hielt ihn weiterhin mit Zuckerbrot und Peitsche an der langen Leine.

Dann geschah das Unglaubliche: Drees schaffte es irgendwie, eine Badewanne voll Milch für Cleo abzuzweigen. Und das nicht nur einmal, sondern nach kurzen Anlaufschwierigkeiten regelmäßig, meist einmal wöchentlich. Und Cleo beschenkte ihn reich dafür. Sie belohnte ihn mit ihrem Körper in den Tagen nach Ihren Bad.

Das Ganze blieb lange Zeit unentdeckt. Drees lachte sich eins in Fäustchen, als er feststellte, dass Carsten wohl bemerkt hatte, dass Cleo ihn betrog, aber nie auf die Idee kam, dass er – der doofe Drees – bei dieser intelligenten Schönheit gelandet war. Carsten konnte die Wünsche seiner Frau nicht erfüllen und er, Drees, den niemand wirklich ernst nahm, tat es.

Silke hatte sich zwar einige Male gewundert, dass Drees so fröhlich war und lange wegblieb, dachte aber, dass er endlich Freunde gefunden hatte und nach der Arbeit noch etwas mit ihnen unternahm.

Dann offenbarte sich Drees seiner Mutter und für Silke brach eine Welt zusammen: Eines Abends erklärte Drees ihr freudig, dass er heiraten wolle. Silke freute sich, dass sie nun nach vielen Jahren völlig unerwartet nun doch noch eine Schwiegertochter bekommen sollte und fragte ihren Sohn aufgeregt, wer denn die Glückliche sei.

Drees erzählte ihr überschwänglich von seinem Verhältnis zu Cleo, war stolz auf sich, weil Carsten es so lange nicht gemerkt hätte, dass er, der doofe, hässliche Drees, ihm Hörner aufsetzte und mit seiner Frau, der Schönheit aus Ägypten, schlief.

Kleopatra nannte er sie, weil Cleo den Namen so gerne hörte. Silke war entsetzt, griff zur Likörflasche, die sie stets für besondere Anlässe bereit hielt und schenkte sich einen großen Schluck ein.

Drees dachte, dass Silke sich vor lauter Freude einen Likör genehmigt hatte und erzählte weiter: Cleo habe im Internet eine große, alte Badewanne ersteigert, auf vier Löwenfüßen. Dies sei genau die richtige Badewanne für die Nachfahrin der ägyptischen Pharaonen, die sie war, um darin Ihr Bad in Milch und Honig zu nehmen. Am nächsten Tag würde er mit Cleo die Wanne beim Verkäufer abholen und ihr auf dem Weg einen Heiratsantrag machen. Sicher würde Cleo ihn annehmen und sich endlich von dem Geizhals Carsten scheiden lassen, der ihr keinen Tropfen Milch seiner Kühe gönnte und darüber hinaus ihren Pferden kein anständiges Futter gab, so dass sie mickrig blieben, kränkelten und sich nicht anständig verkaufen ließen. Cleo wollte sich scheiden lassen, dessen war er sich sicher, erzählte er seiner Mutter, denn er habe bei seinem Besuch zufällig ein Telefonat zwischen ihr und ihrem Scheidungsanwalt mitgehört.

Silke war entsetzt und trank noch ein großes Glas Likör. Das sollte sich als großer Fehler erweisen, denn der ungewohnte Alkohol machte sie müde. Als sie nach Stunden in ihrem Sessel erwachte, war Drees längst mit

Cleo verschwunden, um die Wanne abzuholen.

Dann hatte sie beschlossen, Cleo umzubringen, um ihren Sohn aus den Klauen dieser Hexe zu befreien.

Witzwort, nein ganz Eiderstedt, hatte seinen Skandal. Doch es gab auch viele Menschen, die Verständnis für Silke hatten, die aus reiner Mutterliebe gehandelt habe. Frauen, die Männern so den Kopf verdrehten, dass sie völlig den Verstand verloren, waren schon ein Plage.

Carsten kam in Freiheit, brauchte aber lange, um sich von dem Schock zu erholen. Er war nun endlich frei für eine andere Frau, war Cleo endlich los. Doch dieses Ende hatte er ihr nicht gewünscht. Silkes Beweggründe für den Mord konnte er gut verstehen. Er mochte Drees noch immer, auch wenn dieser ihm Hörner aufgesetzt hatte, denn er kannte Cleos Egoismus und ihre Verführungskünste zur Genüge. Was er allerdings nicht verstand, war die Tatsache, dass Silke, die bis zu ihrem Geständnis völlig unverdächtig war, ins Gefängnis gegangen war, obwohl ihr Sohn sie doch so sehr brauchte. Carsten dachte sich, Silke hätte Drees zuliebe lieber in Freiheit bleiben sollen. Irgendwann wäre es auch so herausgekommen, dass Carsten unschuldig war, dann hätte es Drees zuliebe eben ein bisschen länger gedauert.

Dieser litt wie ein Hund. Seine Traumfrau, die ihn nach vielen Jahren endlich erhört hatte, war tot. Ermordet von seiner eigenen Mutter. Er gab sich eine große Mitschuld. Wenn er doch nur besser aufgepasst hätte. Wie Cleos Antwort auf seinen Heiratsantrag lautete, hatte er nie erfahren. Er war auf der Rückfahrt so müde gewesen, dass er Cleo den Antrag zwar noch gemacht hatte, doch dann auf der Stelle eingeschlafen war, bevor sie antworten konnte. Wie die Fahrt weiterging und wie er am nächsten Tag nach Hause gekommen war, wusste er nicht mehr. Als er aufwachte, hatte er Blut an seinem Hemd. Seine Mutter hatte mit ihm geschimpft, weil es so schwer herauszuwaschen sei, und das Hemd am Abend vor Wut im Ofen verbrannt. Dann bekam er die schreckliche Nachricht, dass seine geliebte Cleo tot war. Als sie gefunden wurde, badete sie in Milch und Honig – und in ihrem eigenem Blut.

So sehr er auch trauerte, seine Mutter verbot ihm, öffentlich über seine Gefühle und das, was zwischen ihm und Cleo geschehen war, zu sprechen.

Zur Beerdigung nahm sie ihn mit, denn es gehörte sich, dass die Dorfgemeinschaft dorthin ging. Doch wie seine Mutter es ihm befohlen hatte, ließ er sich seine Gefühle nicht anmerken, obwohl er sich gerne zu seiner Liebsten ins offene Grab gestürzt hätte und nicht mehr leben wollte.

Seine Mutter versuchte ihn abzulenken. Manchmal war Drees dankbar dafür, doch meistens wütend. Warum ließ seine Mutter ihn nicht angemessen um den Verlust eines geliebten Menschen trauern?

Dann kam der schreckliche Tag, an dem seine Mutter zur Polizei ging und ihr Geständnis ablegte. Für Drees brach eine Welt zusammen. Es stimmt wohl, dass Menschen an gebrochenem Herzen sterben können. Zum Glück waren Nachbarn dabei, als er sich an die Brust fasste und zusammensackte. Der Notarzt diagnostizierte einen Herzinfarkt und konnte Drees Leben retten, auch wenn dieser es in diesem Moment wahrscheinlich nicht gewollt hätte. Zur Kur brachte man Drees in die Berge, damit ihn möglichst wenig an zuhause erinnerte.

Viele Menschen in Witzwort wunderten sich darüber, dass seine Mutter dabei im Gefängnis so ruhig blieb. Sie konnten nicht verstehen, wie eine Mutter es aushalten konnte zu hören, dass das eigene Kind nur knapp dem Tode entronnen war und nicht darum bat, den Sohn besuchen zu dürfen.

Silke machte sich große Sorgen um Drees, doch sie wollte ihn durch einen Besuch nicht noch mehr aufregen. Sie wollte, dass er in Freiheit blieb und sein junges Leben genießen konnte. Was hätte sie als Witwe noch vom Leben gehabt, wenn ihr einziges Kind lebenslang im Gefängnis saß, nur weil dieses arme, naive Kind von der Schlange verführt wurde. Ja, sie hatte einen großen Fehler bei Drees gemacht: sie hätte ihn besser auf die Schlechtigkeit der Welt und besonders auf die Schlechtigkeit der Frauen vorbereiten sollen.

Zum Glück konnte er sich nicht mehr an die Rückfahrt an diesem unsäglichen Tag erinnern. Und sein blutiges Hemd hatte sie schnell verbrannt.

Zuerst war sie froh darüber gewesen, dass Carsten verdächtigt und verhaftet worden war. Doch dann tat er ihr Leid: Mit seiner Frau war er viele Jahre lang genug gestraft gewesen. Warum sollte er nun auch noch dafür büßen, dass ein anderer seine Frau ermordet hatte? Also entschloss sie sich dazu, das falsche Geständnis abzulegen, damit die jungen Männer ein schöneres Leben führen könnten.

Die Polizei fand es zwar seltsam, dass Silke die Tat nicht genau beschreiben konnte, doch bei Affekt-Handlungen kam es schon vor, zumal sie an diesem Tag auch ziemlich betrunken gewesen war. Letztendlich waren alle froh, ein Geständnis und damit auch einen Mörder zu haben.

Viele Wochen später geschah etwas Unglaubliches: ein Erbstück tauchte an einer ungewohnten Stelle auf. Im Zusammenhang mit dem Mord an einer alleinstehenden Pferdezüchterin in Süddeutschland wurden im Fernsehen und in Zeitungen Fotos eines ungewöhnlichen Schmuckstückes gezeigt. Die alten Witzworter erkannten es sofort: Es war der Halsreif, den Cleos Mutter getragen hatte, als Jens Larssen seine neue Frau erstmals auf einem Fest der Öffentlichkeit vorstellte.

Doch wie war der Schmuck nach Süddeutschland gekommen? Hatte Cleo etwa die Unverfrorenheit besessen, den von ihrer Mutter geerbten Schmuck heimlich zu verkaufen? Carsten wusste nichts davon, er wähnte den Schmuck noch immer in der Schmuckschatulle seiner Frau, als die Polizei ihn befragte. Dann stellte sich heraus, dass Cleo nicht nur einen Liebhaber gehabt hätte: Für Drees war das Verhältnis mit Cleo zwar der Himmel auf Erden gewesen, doch für sie war er nur ein williges Spielzeug gewesen, das im schlimmsten Fall von ihrem eigentlichen Verhältnis ablenken sollte.

Ihr Märchenprinz, der sie aus dem öden Leben mit Carsten entführen würde, kam aus einem anderen Land, hatte Geld und liebte Pferde. Sie hatte ihn auf einer Pferdeauktion kennengelernt, auf welcher er ihr ein Pferd abkaufte, das eigentlich keiner haben wollte.

Ja, er wusste die Qualität ihrer Berber zu schätzen.

Beim nächsten Treffen lud er sie in seine Hotelsuite ein und bescherte ihr eine himmlische Nacht. Von da an trafen sie sich regelmäßig und Cleo glaubte, dass sie die einzige Frau seines Herzens sei. Sie konnte nicht ahnen, dass er viele hundert Kilometer weiter südlich ein ähnliches Verhältnis mit einer anderen mehr oder minder erfolglosen Pferdezüchterin hatte, der es – wie Cleo – wichtig war, dass ein Mann ihren Körper begehrte und verwöhnte. Sie waren nicht die einzigen …

Das sollten die meisten Frauen erst erfahren, wenn es schon viel zu spät für sie war.

Der Mann wusste, wie man einsame und vor allem sexuell unbefriedigte Frauen behandelte. Er bereitete ihnen den Himmel auf Erden und machte sie hörig. Zu Beginn gab er sich viel Mühe, damit die Frauen sich bei ihm wohlfühlen. In die Hölle würden sie noch früh genug kommen. Er spielte ihnen die große Liebe vor, brachte die Frauen dazu, spontan ihr früheres Leben hinter sich zu lassen und ihm in ein fremdes Land zu folgen, ohne Familie, Freunde oder Bekannte über ihren Verbleib zu informieren. In dem Land, dessen Sprache sie in der Regel nicht beherrschten und in dem sie auch niemanden kannten, landeten sie schnell in einem Luxusbordell, wo sie bis ans Ende ihres meist kurzen, bedauerlichen Restlebens blieben.

Cleo war nicht bereit, ihre relative finanzielle Sicherheit gegen etwas Unbekanntes einzutauschen. Sie war sich zwar sicher, dass es ihr Liebhaber ernst meinte mit ihr, trotzdem wollte sie Carstens Hof nicht verlassen, bevor der Hochzeitstermin feststand oder sie besser noch mit ihrem neuen Partner verheiratet war. Sie bedrängte ihn, ging ihm auf die Nerven und versuchte sogar, ihn zu erpressen. Damit hatte sie ihr eigenes Todesurteil unterschrieben. Sie wurde zu neugierig, stellte zu viele Fragen, versuchte seine Handlungen und Reisen zu kontrollieren.

Keine Frau war es wert, dass sein Geschäftsmodell für sie aufflog. Da Cleo sehr mitteilsam war und von Drees berichtete, der im Zweifelsfall die zweite Wahl sein würde, lieferte sie ihn und sich selbst ans Messer. Er jagte Cleo und Drees seine Helfershelfer auf den Hals, als sie die Badewanne abholten. Sie schafften es, Cleo und Drees auf der Rückfahrt zu überfallen, flößten Drees ein starkes Schlafmittel ein und legten ihn kurz vorm Wachwerden in der Nähe seines Zuhauses ab. Cleo töteten sie in ihrer Badewanne, indem sie ihr die Pulsadern aufschnitten, füllten die Wanne mit Milch auf und platzierten diese dann auf dem Hof der Meierei. Dabei legten sie Spuren, die Drees als Mörder ausweisen sollten, doch die Schlampigkeit der Spurensicherung und Silkes Bemühungen, ihren Sohn zu schützen, machten diese Arbeit wieder zunichte. Doch in diesem Fall war es egal.

Beim zweiten Mord konnten sie nicht so perfekt vorgehen. Das Opfer hatte längst viel mehr Informationen zusammengetragen, wollte sich von ihrem Liebhaber trennen und mit dem Informationen zur Polizei gehen. Als Beweisstück wollte sie Cleos Halsreif mitnehmen. Sie schaffte es gerade noch, sich auf den Weg zu machen, kam aber niemals bei der Polizei an. Beim Aufräumen wurden die Täter gestört, deshalb vergaßen sie den

Halsreif. Anders als Cleo hatte diese Frau einer Freundin zumindest anvertraut, dass sie einen Liebhaber habe, den sie auf Veranstaltungen im Zusammenhang mit ihrer Pferdezucht kennengelernt hatte. Sie hatte ihn beschrieben, ein heimlich aufgenommenes Foto von ihm gezeigt und berichtete ihrer Freundin sogar, dass sie mit ihm in Kürze ins Ausland wollte – allerdings erst nach der Hochzeit. Als er versucht hatte, sie mit dem Halsschmuck als Verlobungsgeschenk zu ködern, hatte sie es auch ihrer Freundin erzählt. In den Besitz des Schmuckes war er gekommen, weil Cleo das gute Stück schon vor einiger Zeit bei ihm deponiert hatte. Sie wollte das Andenken an ihre Mutter in jedem Fall bei einer Trennung von Carsten mitnehmen und hatte es daher sicherheitshalber schon aus dem Haus geschafft.

Nun waren beide Frauen tot, weil sie kurz davor waren, einem Betrüger auf die Schliche zu kommen. Durch den Schmuck und die Aussage der Freundin sowie einiger anderer Zeugen, die die auffällige Schönheit, die Cleo zu Lebzeiten gewesen war, zusammen mit ihm gesehen hatten, konnte die Polizei einen

Zusammenhang zwischen den Morden feststellen und den Mörder vage beschreiben, doch dieser war längst außer Landes.

Silke kam wieder auf freien Fuß, hatte allerdings große Schwierigkeiten damit, ihrem Sohn zu erklären, dass weder er noch sie Schuld an dem Mord an seiner Traumfrau waren.

Als sich die Wogen wieder geglättet hatten, fand Carsten eine bodenständige Frau, die ihm nicht nur den ersehnten Hoferben, sondern viele weitere Kinder schenkte und ihm auf dem Hof nach allen Kräften unterstützte. Die Pferde wurden allerdings vom Hof verbannt.

Nach einigen Jahren gerieten die dramatischen Ereignisse in Vergessenheit, nur die alten Witzworter erzählen manchmal noch davon.

Kleopatra von Witzwort wurde damit zur Legende …

Orte und Personen

Witzwort gibt es tätsachlich. Der Ort liegt im östlichen Teil der Halbinsel Eiderstedt, wurde um 1350 erstmals urkundlich erwähnt.

1894 wurde die Meiereigenossenschaft Witzwort gegründet. Nach der Fusion zwischen der Osterhusumer Meierei eG und der Meierci-Genossenschaft Witzwort ist die daraus entstandene „Osterhusumer Meierei Witzwort eG" größte Frischmilch produzierende Betrieb Schleswig-Holsteins und eine der modernsten Meierein in Europa.

Auch den Markttreff gibt es in Witzwort.

Während der Krimi an realen Orten spielt, sind die Personen in diesem Krimi sind allesamt frei erfunden.

Die Autorin

Birgit Pauls wurde in Husum geboren, ist in Tönning und Kotzenbüll aufgewachsen. Nach der Schule lebte sie an vielen verschieden Orten Deutschlands. Seit zehn Jahren wohnt sie wieder in Tönning.

Seit 2009 schreibt sie Krimis, die meist in Nordfriesland spielen. Im Büro sitzt sie dabei nicht gern. Wenn das Wetter mitspielt und es nicht regnet, ist sie mit ihren Schreibutensilien meist am Hafen oder am Eiderdeich zu finden.

Die E-Mail Adresse ist: info@birgitpauls.de.